像爱一棵树一样地爱你

杨峻 著

北京燕山出版社

有时我又清楚地感觉到你的存在／河流带走岁月／带走泥沙即使遭遇从未有过的疲惫／即便忧虑如久久不去的春雨

《无法再见的时光》

轻声的嘟哝像花儿盛开的声音／你的到来
不但是穿越人海的怦然心动／而且是保持温情的刻骨铭心

《缘分》

漫山遍野的野花一如你的天真笑容／一切或许漫长／也不一定乐观

《这是一场旷日持久的战役》

像
爱一棵树一样地
爱你

《我所向往的天堂》

我所向往的天堂
是在什么地方
她要我穷其一生地找寻
在带着泥土气息的田野
在自由而宁静的灵魂

目录
Contents

上部 新风

篇目	页码
五月与青春有关	002
清明节	004
我所向往的天堂	006
朝前走,中国	008
无法再见的时光	010
不一样的轮回	011
缘分	013
这条路	015
秋意浓	017
彩云之南	019
像爱一棵树一样地爱你	021
这个世界会好吗	023
夏日三题	025

习惯	028
这是一场旷日持久的战役	030
必须在某个地方等你	032
不只是春天	033
与冬天的对话	035
你的念想我的希冀	037
给理想一点时间	038
我们需要的只是改变	040
荒芜的土地上长不出春天	042
春节有感	044
无题	047
昨天　今天　明天	048
从今天出发	050

生命	051
背影如此高大	053
印记	055
承诺	057
为什么这么痛	059
一滴水的自白	061
2010年3月的第一场雨	063
故园春梦	064
2008年冬天的疑问	066
天使的方向	068
关于理想	070
春夏为你祝福，秋冬为你喝彩	072
随想录	073

写给南方的雪 080
永州之野 077
呼吸 076

下部 古韵

廿年重登黄鹤楼	084
甲午年末重游愚溪	085
五律·泰山	086
共青城市	087
沁园春·2014	088
大清相国陈廷敬	090
端午节兼思屈原	091
立春	092
中秋·步韵敬和邓尚志老	093
七律·桃花源并宋教仁故居	094
壬辰年岁末自感三首	095
重阳登高兼追思黄兴	097
谒湖南平江杜甫墓	098

篇目	页码
壬辰五月·三峡	099
蝶恋花	100
观看《绿色恋歌》	101
读王阳明	102
沁园春·观《建党伟业》有感	103
七律·八月偶感	105
菩萨蛮·湘西矮寨特大桥	106
九张机·三十吟	107
中秋三首	109
武夷山	111
长沙·岳麓山	112
峨眉山	113
水调歌头·武汉	114

浪淘沙·中国入世	116
浣溪沙·九嶷祭舜	117
临江仙·读《曾国藩》	118
江城子·一九九八·抗洪救灾	119
贺新郎·一九九七·香港回归	120
崀山之春	122
离永州北上	124
满庭芳·广东行	125
登衡山	127

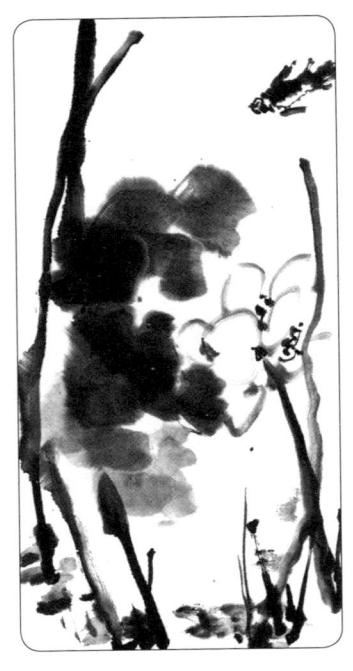

像
爱一棵树一样地
爱你

上部
新风

五月与青春有关
（2015年5月）

矛盾似乎是这个季节的主题
一边是芳菲未尽，万物蓬勃
一边是春光已泄，红紫成尘
久违的阳光刚刚露一把脸
不知疲倦的大雨，瞬间浸透没有设防的
　城市
踏青的心情
被高速公路交通事故的广播覆盖
被尼泊尔神庙坍塌和珠峰雪崩的画面遮蔽
多少人，虽然脱下了口罩和厚重的外套
前行的脚步，依然匆匆而沉重
多少人，亲手培植着青春的种子
转过背又在为终将逝去的青春嗟叹
穿越时空的燕子，继续放飞关于明天的
　思索
生命的绿色仍然是春夏交替的主色调

感谢泛滥的雨水，洗涤了天空的尘埃
告诉自己，既要抓住这稍纵即逝的机会
更要前所未有的清醒
从现在开始，深呼吸或声调平和地歌唱
站立成一棵树
不能错过开往下一个春天的地铁
或者，做一只满怀理想的蛹
在灵与肉的拷问中化茧成蝶
而非作茧自缚

清明节
(2015年4月)

来了!这纷纷的雨
千年的等待总是如期而至
这分明是让人心劳意攘的节奏啊
像一把琴,奏出百转千回
像一根线,牵住七魂六魄

快了!这回家的路
曾经它关山千里,咫尺天涯
却忽然变得这般的快捷直接
今天,羊肠小径胜过康庄之衢
青青野草鲜过了锦绣花朵

近了!这流浪的心
在山之阳,河之洲,水之湄
这是最后的停留和休憩
就让所有的思念跨过空间的鸿沟
让忧伤的泪水流进时间的洪流

别了！那遥远的您
我又得将您装进梦中
带着春雨洗礼，谷酒熏醉后的灵魂
带着您的嘱咐和守望
行进在前方未卜的旅途上

我所向往的天堂
（2015年3月）

我所向往的天堂
在那遥远的地方
那里天空湛蓝，青山流翠
鱼儿在澄清的湖面上舞蹈
当银一样的月光洒满大地
会传来人们爽朗的笑或忧伤的低吟

我所向往的天堂
是回不去的故乡
石榴花依然会准时在村庄口开放
却再也难觅那些夕阳下忙碌的身影
仰望星空的眼睛
听不见鸟啭虫鸣伴随鸡啼狗吠的合唱

我所向往的天堂
是有你出现的地方
那是一个没有花红柳绿的日子

也没有振聋发聩或软语温言的表白
一滴眼泪深过整片海洋
一个笑脸就是一曲高歌

我所向往的天堂
是在什么地方
她要我穷其一生地找寻，或是一个梦想
在浩瀚而深邃的苍穹
在撒播种子，带着泥土气息的田野
在自由而宁静的灵魂

朝前走，中国
（2015年3月）

这是一个美好的时代
地球在一个平面上运转不息
赤橙黄绿青蓝紫
点缀了生活的颜色
交通，早已不再是让人生离死别的问题
所以也遗失了多少风花雪月的绝唱
这又是一个丑陋的时代
文明只是人们穿着的外套
灵魂却仍然在黝黑的酱缸里挣扎
理想，像清澈的河水一样稀缺
这是一个向前的时代
过去的千年只是今天的一瞬
鼠标代替了曾经皓首穷经的疑问
所有的想象都可能成为现实
这也是一个停滞的时代
看不见的鸿沟仍旧在禁锢脚步的自由
思想，在那些冰冻了的河流下冬眠

但是请朝前走,中国

饮下这一窖数千年文化酿造的烈酒

佩戴长江黄河三千里的领带

穿高原,闯壶口,过三峡

朝着大海的方向

永远不要停下前行的步伐

头顶蓝天白云

脚踏青山绿水

让心胸贴近海洋,思想插上翅膀

做一只振翮高飞的天使

而不是无法预测的黑天鹅

朝着喷薄的黎明

任风雨如磐,岁月如歌

在历史的潮流中千帆竞发

在春天的约会时花簇锦攒

无法再见的时光
（2015年2月）

不必刻意记忆或遗忘
你年轻时的模样
昨天的脚印已被鲜花，或野草缀满
湖畔旁忧伤的歌声依旧嘹亮
熊熊篝火映红更加清秀的脸庞
不会有第二次机会踏进同样的河水
向前的河流带走岁月，带走泥沙
也带走美丽的谎言和丑陋的真相
还有飘浮的云彩和往来的背影
留下的，是藏匿于心中的敬畏和爱恋
不要轻言放弃或抛弃
即使遭遇从未有过的疲惫
即便忧虑如久久不去的春雨
就请暂时地休憩，然后上紧发条
为了方向正确的旅行
为了攀登群山之巅
亲近最初的晨晖

不一样的轮回①
（2015年1月）

生命如此脆弱

像茕茕孑立于寒风的一枚树叶

像漫无方向的气球

随时可能被未知的因素引爆

生命如此短暂

只是历史长河中渺不足道的一粒尘埃

或逝如流萤

或惊鸿一瞥

生命又如此珍贵

不管是高尚的灵魂，还是秉烛夜游的躯壳

每一个人只拥有一次

不管是孜孜而行，还是萍踪浪迹

不要奢望存在轮回的乌托邦

但是如果有，请上帝做证

一定要让它有所不同

就让贫瘠变得富余，脆弱变得坚实

让生老病养成为常态而非障碍

让胆怯者拥有虽千万人吾往矣的勇气
让理想的花瓣开满清明的土地

注：① 2015年初，青年歌手姚贝娜因患癌症早逝，她不屈命运的勇敢精神和死后捐献眼角膜的义举为人们称道。现实中生命无端丧失的悲剧，日复一日地上演。让每个公民免除生存的恐惧，应当是国家和社会共同的目标。

缘分
（2014年12月）

每次你恼我

生气的表情如孩子般无邪

每次你怨我

轻声的嘟哝像花儿盛开的声音

每次你拥抱我

像春风融化了坚固的冰霜

每次你离开我

目光却如同整个海洋

你的深沉，江南水乡释不淡

你的步伐，大漠狂沙移不走

我才知道

所有的梦想

不仅仅依靠翅膀的飞翔

滚滚消逝的洪流

永远带不走彼岸的守候

风与帆的纠缠不休

只是为了向前的旅行

你的到来
不但是穿越人海的怦然心动
而且是保持温情的刻骨铭心

这条路
（2014年12月）

有人羡慕你的博宏
有人见识过你的逼仄
在一些人眼里，你一马平川，鲜花相伴
仿佛上帝的量身定造
在许多人面前，你百转千回，惊雷炸耳
每每举步维艰
有的人萧规曹随，脚踏别人走过的地方
有的人另辟蹊径，甚至在黑暗中砥砺前行
而我说
不需要有这么多的不同
如果只是个体普通的人生
就保持对幸福一样的向往
不要那些沉痛的经历
如果是追求梦想
则跋山涉水，需要多少苦难的打磨
一个团队和民族
需要的，是顺应历史的视野和宽容的胸怀

以及高悬头顶的神明
如果到达彼岸可以有船或桥渡过
就不必再摸着石头过河

秋意浓
（2014年9月）

秋意浓

浓在天地间

蓝天白云，明眸若水

一弯月色浸透了碧绿的湘江

袅袅秋风送来你悠悠的鼻息

秋意浓

浓在收获时

橙黄橘绿，火一样的鲜花绽放

别了风哭弦断的忧伤

灯红酒绿的心愿

秋意浓

浓在登高处

执子之手拾级而上

体验生命最初始的感动

任落叶翻飞，往事如烟

秋意浓

情到深处自然浓

山明水净人未老

长风万里踏歌行

在大雁飞过的地方一醉千年

彩云之南
（2014年8月）

一、苍山洱海

第一次来到这里
有穿越时空隧道之后的豁然开朗
比得上犹太人见到耶路撒冷的惊喜
这一瞬间的征服
回答了人生百年的疑问
我爱慕他的雄峨，她的静美
构成了世界上描绘风花雪月的最佳模本
这与生俱来的圣洁啊
是上帝遗留的乌托邦
任何人都没有侵占或玷污的权利
如果得到允许，就头枕苍山，脚濯洱海
让十八条溪水从身上流过
做一个短暂的梦

二、丽江古城的夜晚

在很多人眼里,这是一座让人仰视的城市
因为高原雪山的壮美,一米阳光的照射
在很多人心里,这里是世外桃源
纳西乐的原音,木府的千年格局
青石板上倒映的蓝天白云
远离了我们熟悉的风景
而此刻,霓虹的绽放替代了渔火的归隐
现代乐器的和鸣在小桥流水上不停回荡
人们歌唱或哭泣
在城市的终点和起点间行走和寻找
忘记了时间的真实
我感叹这些独具一格的自由和释放
却忽然记起,这是一座没有城墙的古城
没有城里城外
只有前世今生

像爱一棵树一样地爱你
（2014年9月）

如果一定要把你比喻成一种物质
我想是一棵树
是挺拔的青松，婀娜的杨柳，溢香的丹桂
还是珍稀的银杏
这并不重要，重要的是这棵树
生命长青，吐故纳新
与我为伴，须臾不可少

爱一棵树不是欣赏她的卓尔不群的身姿
感受如盖浓荫下的清凉
希望她遮风挡雨，成为一堵防护墙
而是去做一个精心的园丁
将爱修枝剪叶
或者化身一泓用来灌溉的泉水
一捧滋润大地，提供养分的春泥

爱一棵树还需要时间

不能是昙花一现般的极致
也不一定要海枯石烂，天荒地老
却可以日积月累，山高水长
一辈子做好一件事情

这个世界会好吗
（2014年8月）

世界并不是平的
欧洲中世纪后诞生的燕尾服，博士帽
以及蒙娜丽莎嘴角的微笑
展现着无比优雅的姿态，直至今天
凯文·卡特拍摄的非洲小女孩和那幅
"我要上学"照片上的大眼睛
却传递出另外一种震撼

世界更不太平
桑巴的鼓点和炫目的焰火
在马拉卡纳球场上空还未散去
加沙的夜晚已被炮火映射得如同白昼
阳光，雨水，空气
一改往日温情脉脉的外表
面对不可预知的梦魇
人们的血肉之躯显得羸弱不堪

但是这个世界终究会平的
潮起潮落,花开花败皆为生命的摹写
鸭族或是凤裔
不能成为高尚或卑微的通行证
就从今天开始
种下一株高大的菩提树
让鸡鹜翔舞,凤凰涅槃
城市的霓虹和乡野的渔火
照亮迷惘的眼瞳
让南极冰川保持最原始的风貌
地球的呼吸均匀而绵长
生活其上的人免除恐惧
让远望的目光和行走的脚步
融入向前的潮流
而非身后滔天的洪水

夏日三题
（2014年6月）

一、窗前的那些鸟儿

有时候我很烦她
她们栖息在小区后那片尚没被征收的树林里
整天叽叽喳喳
不知是吵架还是练嗓门
早早惊醒我的梦
偶尔还会影响我行车的安全

有时候我又离不开她
她们是光明的信使，大地的精灵，天才
　　的音乐家
驱赶我的庸散和落寞
唤回了遗失已久的童心
对这座城市而言
她们是钢铁森林里绿色的守望者
是人与自然共存最后的见证

二、家

家是一个地方
头枕青山
脚淌着绿水
有雄鸡一唱天下白之后的喧嚷
也有星星渔火对愁眠时的寂静

家是一间房子
有一张可以安睡的小床
可以不受天气和环境的影响
充满发自内心的欢笑
稚嫩的读书声像水一样流出

家是一片记忆
安放在心灵深处
无论何时
携带在我旅行跋涉的背包里
镌刻在父亲苍老而沧桑的脸上

三、时间这根魔杖

我承认,曾经忽视她的存在
就像嗅着花儿的芳香
忘记了它
曾有的凋谢和初蕾
有时我又清楚地感觉到她的存在
当理想如同夏日的炙热
又如同冬天的冷酷

朝阳染黄了故乡黯淡的溪流
落晖在天空徘徊
母亲的颜色却从未有改变
白与黑交织的时刻
高尚的灵魂已经投身于光明的行列
黑色的眼睛仍然在黑夜中闪烁

感谢上天的馈赠
如果爱她
就珍惜她的存在并且矢志不渝
即便她是一江向东消逝的春水
带走的也只是泥沙

习惯
（2014年4月）

早春
桃花还来不及完全地开放
就遮蔽在绵绵的冷雨之中
料峭的风吹醒了酒醉的人
无边的等待里
死水微澜
窒息的绝望紧接希望

但是，等待不是唯一的抉择
匆匆的脚步瞬间惊破原野的静寂
眼睛点燃了夜空中最亮的那颗星
用心去捕捉柳絮飘落的声音吧
让生命如阳光一样灿烂
把乡愁和对远方的渴望装进胸膛
天蓝地白

水清河晏

不再是憧憬和愿景

爱你不是奢求,而是习惯

这是一场旷日持久的战役
（2013年12月）

这个冬天需要总结的东西太多
就像，一面暖阳覆盖，似乎仍处于南方
　　高温的后遗症
一面是十面"霾"伏，笼罩了这个国家
　　的四分之一国土
还有你的呼吸
生活总在继续
有人在怀念岳麓山上的枫叶
她依旧如花似火，头顶掠过大雁的身姿
山脚下，干涸的河床
却是一幅见证夏天
约会冬天的场景
昨天，高歌湘江北去的诗人
再也没有了思想的雅致

冬天终究会以真实面目呈现
风雪中夜归的人推开沉重的木门

墙角的梅花散发着淡淡的幽香
冬天也一定会过去
我在与一棵树的对话中醒来
黑色的眼睛在黑夜里寻找光明
摧动心跳的雷鸣和荡涤天地的大雨
如期而至
漫山遍野的野花一如你的天真笑容
一切或许漫长，也不一定乐观
但绝对不会悲观

必须在某个地方等你
(2013年5月)

像一场史无前例的约会
像夏日夜空中高旷的星斗
等待那双热情凝视的眼睛
像林荫小道上寂寥的蝉鸣
期待一次脚步的莅临
像一平如镜的湖面
去迎接某方衣袖的有力挥动
世界仍然这样遥远而亲近,年轻而沧桑
我没有权利,也没有时间,再做隔岸的
 观望
即便没有飞翔的双翼
即便是一次痛苦的体验
也要义无反顾地前行
最长久的
莫过于抵达心灵深处的访问
最精彩的场景
莫过于劈波斩浪的扬帆

不只是春天
（2013年4月）

一

一切并不是等待的结果，这是自然撒播的种子的发芽。那些跳舞的树叶，歌唱的鸟，田野间绽放的油菜花，已经温暖的风，都在争先恐后地证明。

二

太阳仍旧吝啬自己的出场，不时缺席与我的约会。如丝、如雾、如烟、如潮的春雨，却以经常性的姿态，展示难解的风情。经验告知我，这仅仅是开始，尽管，的确是一个美好的开始。

三

我是这样强烈地感知你的到来，虽然可

即的伸手,需要穿过不可预知的时间和空间。这并不紧要。只要天空变为澄碧,眼瞳变得温润,呼吸更加舒畅,脚步释放自由。沉沉的池水已经吹皱,心门被有力地推开。

与冬天的对话

（2012年12月）

之前我是喜欢你的

喜欢你的宽度

大手一挥，就是一个天地合一的境界

随风而落的六角形花瓣

一瞬间就抵达天涯海角

你的深沉

像是穿越千年隧道的幽思

覆盖了所有的疑问

必须承认，你是这个世界最后的统治者

但是我不喜欢你的寂寥

也不喜欢只是听见自己的呼吸

不喜欢待在房间里踽踽而行

不喜欢你的封闭

虽然这并不能禁锢我的思想

我不喜欢窗外仅余单一色调的风景

甚至不能容忍这种色调存在的时间过于
　漫长

或许这并不是喜欢不喜欢的问题
在我看来，你过于肃穆乃至没有生命力
过于深藏乃至没有鲜活的气息
与即将到来的春天相比，你是过去的代
　名词
我必须承认，我欢喜大地开化、河流解冻
欢喜万物消融、生机盎然
欢喜解除严实的包裹
迈开轻盈的脚步
欢喜太阳照遍每一个角落
人们在希望的田野上播种

你的念想我的希冀
（2012年11月）

我确信，我不是第一次见到你
你也不是第一次出现在我的梦中
早晨，初冬的寒冷已经清晰
但是在我居住的地方
鸟儿的啁啾依旧清脆而稠密
上帝是一个手指修长的钢琴家
在流水一样的音符中
既有漫长的等待，也有突如其来的偶遇
既有生硬，也有沁人心脾的柔软
我相信
理想的乌托邦也并不只是孩子的追求
或许它需要精致地擘画，但更多时候
它藏在视野中这片常青的树林里
它藏在耳畔那些奔跑的脚步声中

给理想一点时间
（2012年10月）

十月的脚步再次叩响耳膜
夏日的狂热已从树叶上彻底跌落
秋风吹遍了天涯海角
这是一个矛盾的季节
既有胜似春朝的秋光，也有诸如寒夜的
　寂寥

我记得当初对你的承诺：
如果我累了，山重水复疑无路
我不会想起你
如果我好了，春风得意马蹄疾
我会想到你

但是这个世界并不如想象的简单
也许我需要的是时间，还有坚持
希望与失望叠加
前进与后退交锋

天空还没有破晓
那些满怀希冀、信心和激情的眼睛还没有
　　醒来
然而头顶的启明星高高闪烁
那是抵达白发苍苍彼岸的明灯
那是吹奏胜利乐曲的号角
那是挺立于疾风激流中的山之骨河之砥

永远不可能回到过去
黎明的太阳就将喷薄而出
你会在自由而宁静的树林中起舞

我们需要的只是改变
（2012年9月）

秋意来袭
因为喜欢登高的缘故
你钟情于这个离别的季节
因为倾听落叶的声音
你挥别了往日青春的葱色
大江东去
已不见昨天的汪洋恣肆
沉舟侧畔
并没有出现
千帆竞过的景象

选择离别
是与过去说再见
即便是繁花灿烂、芳菲千里
选择离别
也是选择改变
就让透明的雨

穿越念想的视线

让清澈的风

在一平如镜的大地上驰骋

没有一成不变的思想

没有海枯石烂的模样

不要让漫天的烟火遮蔽夜空的璀璨

不要丢掉曾经的寻找

要相信改变的力量

只要有一丝罅隙

就能照亮整个田野

大风起兮白云飞

最好的机会是希望

荒芜的土地上长不出春天
（2012年5月）

此刻我的眼里满是沉寂
如同这个没有颜色的春天
如同这个被称作没有春天和秋天的南方
　　城市
阳光似乎总是停留在梦中没有醒来
没有穆穆的清风　萋萋的芳草
据说这次晦暝的场景创造了城市的历史
　　之最
你的背影在单调的色彩中逐渐模糊

但我的胸中仍然燃烧着激情
一边是风雨如磐不绝如缕
一边是春雷翻滚暗潮涌动
毕竟冬天已经不再，花儿已在枝头开放
喈喈的鸟鸣穿过耳膜

我相信，信念的温度不会消减
婴儿的眼睛总是充满着纯洁
所有的等待都将会过去
我知道，满眼的绿色就要涌现
而你，就在前方的不远处

春节有感
（2012年1月）

一、乡恋

我是多么强烈地想见你
但是，我却并不想在这么短促的时间内去
　见你
大雪遮蔽，寒风刀割
并不能阻挡通往心灵的力量
我也不在乎是这个世界上
最庞大迁徙队伍中的一员
当然，我要比这个队伍中的许多人幸运
我只是在想
最激迫的情感可否平缓地倾诉
最遥远的距离可否最短地拉近
生命只有一次，那些质朴的情感
却常常被城乡之间的巨大鸿沟所阻隔
那些匆匆的脚步
仅仅由于归乡路上一次简单的意外戛然
　而止

二、大年三十

统一是这个国家这个时刻的标志
无论个人是垂髫之幼,还是斑白之老
无论声音是浅吟低唱,还是黄钟大吕
无论景象是繁花灿烂,还是清清一瞬
没有多余的语言
有的只是心情
尽管饮的不再是屠苏酒
但同样会酒酣耳热
尽管不知是几人一起
但也会坐如春风
这就是这个国家的特色
现实是历史的延续
今天是昨天的推移
明天是今天的期盼

三、轻轻地走

轻轻地我走了,虽然我不是轻轻地来
来的时候,我像一滴水归于大海
走的时候,我并不像一尾风筝飞上云天

我不是为了留恋城市的浮华离开
也不是因为漂泊的脚步离开
我只是累了
这样的轰轰烈烈，不如无形无声
这样的兴师动众，不如回归常态
我不能改变，但又不舍得放弃
我也不想轻易地改变自己
就像身居闹市对青山绿水的眷恋
就像活在现实对蓝天白云的执着
这是让我快乐而又痛苦的事情

无 题
（2011年12月）

你那里下雪了吗
在春天到来之前
万物朦胧，整个世界披上了白色的大衣

冰层下，流动的河水已渐变清晰
温热的呼吸自下而上，由远而近
风起于青萍之末
梦开始在愿景交集的地方

昨天　今天　明天
（2011年10月）

每个人都曾经有过一个昨天
不管是天蓝地青，还是夕阳下遗落的背影
我不会因为没有留存过你的昨天而遗憾
你也不必为了我的昨天而迷惑
这是一道已经跨过的长河
冷暖和深浅只有自己知道
在我眼中你的昨天
即便是荒凉，也是荒凉的美丽
即便是无知，也是无知的纯洁
过去的，是冬雪覆盖，流水潺潺
迎来的，是春风吹拂，杨柳吐绿

每个人都离不开存在的今天
有时候是一马平川，嘚嘚蹄声响彻耳鼓
有时候是一堵难以逾越的墙，沉重的呼
　吸清晰可闻
我是一个谨慎的乐观者

为天际的繁花灿烂而乐观
怕扰了你的清梦而谨慎
这是最珍贵,也是最容易失去的风景
在这个阶段,每个人只是过客,不是归人
我却愿意以归人的姿态面对你
用海一样的心脏来包容你的怨艾
用鸟一样的翅膀来驱赶你的落寞
把短暂瞬间凝固成漫长的永远

每个人都会有一个明天
它并非寂静无声,遥不可及
能够看见它的人,有着鹰的眼睛和钢铁
　般的心
而那些嘴上宣誓的人
最终像树叶一样散落天涯
在可以预计的将来,我并没有奢想
我只想让你快乐,没有忧伤
我想做你回家路上的那盏灯
做你风雨途中的那把伞
做你黑夜里的那双眼睛
我相信,漫天的花瓣终将还原它本来的颜色
幸福的微笑会荡漾在你青春的脸上

从今天出发
（2011年8月）

今天不是一个伪命题
它是天使手中的火焰在夜空绽放
是地平线上夸父坚硬的塑像
如你的明眸在如晦的空间闪亮
选择就是前行
就让时间的河流荡涤过往的尘埃
大海的謦欬清晰可闻
鸟儿自由地飞旋鸣啭
永远不要失去方向
感谢风刀霜剑的雕琢
感恩无解岁月的大浪淘沙
胸中奔涌的热情已不再电掣星驰
爱人的期望仍一如既往
即便行囊仍然沉重
结果不可预测
也请坚定地锁定目标
脚步始于现在

生命

（2011年5月）

这是春天到来的征象

清新而湿润的空气浸入

惊雷在耳边炸响

不知名的山麓中

花簇锦攒

这是大海深处的声音

视野所及的风平浪静下

暗潮涌动

力量，在以不可思议的速度聚集

这是火山爆发的前夜

令人窒息的呼吸中

悄悄酝酿着即将发生的

石破天惊

这是一次从未有过的改变

开门见山
天蓝地青
推窗看海
春暖花开

背影如此高大
——缅怀在2011年湖南高速公路抗冰保畅中牺牲的战友
（2011年1月）

背影如此高大

不是因为身躯的伟岸

是一颗柔软却又向上生长的心

充满了对这片土地这条道路的爱

背影如此高大

不是霓虹灯下斑驳的映照

不是奖章的沉甸甸

而是平凡中不平凡的故事

是兑现责任大于天的承诺

是风雨如磐中坚强的守卫

是大雪压顶前的力挽狂澜

背影如此高大

不是因为离去的眼泪

也不是因为无法再见的再见

生命只有一次

留下的

是爱恋的恒远
是意念的传承
是精神的涅槃

印记
（2010年12月）

柳絮翻飞，花落无痕
冬天的第一场雪
湿润、充盈并且自由
瞬间拉近了天地间廓大的距离
抹平了城乡间曾经不可逾越的鸿沟
久远的期望落了地

我欢迎你的到来
有梦境中的绵长等待
有白纸上作画的写意
有一万年太久的热情

在灵魂与灵魂的对白中
我闻到隐约的春天的气息
温暖而洁白的花瓣
开满了微笑睡去的脸庞

这样的夜晚
安静而美丽
我希望耳畔
不要再响起远行的脚步声

承诺
（2010年7月）

在浩瀚的苍穹和灿若星辰之间

我愿做无名的点缀

黯淡或一闪而逝

但因为与你的距离

仍使我感受到存在的荣光

在海的博宏和河流迅疾的脚步中

我希望是一颗浪尖上的水珠

无论来自哪里

无论魂归何处

朝着你的方向

热烈奔逐

始终如一

在树大根深和浓荫如盖时

我不会做无聊的看客

而是一粒从天空飞鸟嘴中落下的种子

发芽成长
做你的坚强的守卫
或是化身你脚下不离不弃的春泥

如果在生命的珍贵与你的重要之间选择
我不会叹息
为着你永恒的明天
我愿意牺牲自己哪怕是短暂的青春

为什么这么痛
（2010年5月）

玉树，2010·4·14；汶川，
　2008·5·12
震级7.1；震级8.0
纬度33；纬度30
一切相似得几近重复
天崩地裂的巨响
接踵而来　锥心裂骨的呼喊
酥油灯的点点星光瞬间熄灭
曾经奔跑如风的藏獒
止步不前
那些格桑花儿般的脸庞
凝结成了霜
天使之翼猝然折断

这个黑夜里我目光如炬
穿越与你之间的千壑万堑
思想包围了每一个细节

或澎湃或温柔

或深奥或浅薄

生命的脆弱与时间的稀罕

无与伦比地被放大

我决定

在浮云自开天空欲晓之前

打造一座理想的花园

坚固并且历久弥坚

为你遮挡住所有关于黑色的梦魇

以崭新的姿态

迎接乘雾而来的第一缕曙光

一滴水的自白
（2010年3月）

我只是一滴水
氢和氧的最普遍的化合物
来自高原之山唐古拉冰封的躯体
追随着太阳的光芒倾泻而下
或者是飘临你头顶的一片阴霾
蓦然降落

我并不奢望有高贵的头颅
潋滟的波涛
被人虔诚地祈祷，小心翼翼地捧在手心
我只是自由的一分子
穿行在崖壁峡谷
流淌在溪涧河流

但我是透明的并且纯洁
渴望与清新的风，七彩的虹同行
即便在炙热的沙漠中消失得无影无踪

也不能躲在褐色的沼泽里藏污纳垢

我有我的并不远大的理想
与我的伙伴
聚汇成一股向前的洪流
去湿润所有贫瘠的土地，含苞的花朵
以及干裂的嘴唇
最后，悄无声息地
归宿于浩渺的大海

2010年3月的第一场雨[①]
（2010年3月）

如同天籁之音，玉液琼浆
你的到来竟然是这样的旷世之珍
在这个暮春，穿越了百年的痛苦
拯救了我濒临死亡的心
我想，如果之前是因为我的太多时候的
　怠慢
暴殄天物，对你的容颜熟视无睹
思想如花岗之岩悬冰之冻
那么请上帝做证
从这一刻起
就让我承担所有的惩罚和代价
用最自然的方式
凝聚胸中清澈的虔诚
在与你的守望中浴火重生

注：①据报道，2010年3月26日，遭遇百年一见干旱的云南昆明地区下了第一场雨。

故园春梦
（2009年3月）

这不是一个春天诞生的梦
但却如此漫漶恣肆
沾上青萍之末浓密的腥味
点燃了原野上渔火轻巧的记忆
风　像笼罩在我脸庞上的一面巨镜
梦中的那座无可比拟的才筲山
从不因脚步的远去而辞其高大险峻
韵味绵长的传说
依旧是年轻的仰视的眼睛最好的启蒙
她满身的葱茏也更甚于往日
渐渐拾回了本来的面目

只是　温文尔雅的梅溪变了
消逝了骄傲的曲线玲珑
也不见溺水时可以大喝一口的澄澈
穿行其上的人们
淡忘了溪边那些矫情得让人耳软的歌声

枫叶般散落的村庄
不再遥不可及地守望
酒酣耳热的喧嚷
却只有在某些特殊的日子才会出现
唯有两小无猜的剧情
依然日复一日地上演

被父亲捧在手心含在嘴里的土地
散发着婴儿般的清香
但不知何时
披上金属的炫目的外衣①
去装饰并不真实的繁荣
一夜间　褪尽了自然的颜色

我站在黑与白的交界处
呼吸中叠加着微微的叹息
是为所有的过昔、美丽抑或虚妄
这并不重要
因为　它毕竟只是一场没有醒来的梦

注：①土地披上金属炫目的外衣，是指因锰资源的滥采乱挖破坏了生态。

2008年冬天的疑问
(2008年11月)

对我来说,这个冬天不太冷
是因为年初那场百年一见的冰雪
冻坏了我并不健康的触觉
是汶川突如其来的天翻地覆
击碎了思想的头颅
停滞住时间和空间
是热得过于矫情的八月
仍然固执地传递余温
考验人们的耐心和体力
是刚刚过去的多事之秋
整个世界传染海啸来袭的恐慌
此时此刻
人类的力量显得脆弱和渺小
人定胜天的妄想不堪一击
但我们并没有多少时间去疑问
老人和孩子的眼神给了我们答案

就从现在开始必须改变
让敬畏的心胸代替迟到的忏悔和祷告
所有的肢体自然地起舞
天气,不再是万众瞩目的议题
忧伤的心灵
继续着对明天的希望

天使的方向
（2006年9月）

我知道你来自刚刚破晓的黎明
穿过昨夜黑色的大网
在霞光万道的背景中
翩然若仙　从天而降

你仍然带着你一尘不染的羽翼
沾满着露珠的晶莹
呼吸中散发出沁人心脾的清香
婴儿般的笑容里
生命之花　徐徐开放

或许你是为我而来
像一道急遽的闪电
打开久久尘封的心门
渴望　在时间的河面上跳跃

但我知道

这里只是你片刻的休憩
你会带上雪白的翅膀
透明的思想
继续前途遥远的飞翔

你可以去到波光粼粼的海上
装饰每一片蔚蓝的颜色
或亲临戈壁沙滩
让清脆的驼铃重新响彻耳鼓

你也可以去到层峦叠嶂的高山
守望白云深处灵魂的家园
或者在一泻千里的原野
自由像金子一样流淌

你的眼眸　明净如镜
没有可怕的梦魇
你的脚步　注定不会停歇
即便是死一般寂静的雪地
在你又一次振翅高飞的时候
春天的汛息悄悄袭来

关于理想
（2006年3月）

美国老报人赛蒙·斯特朗斯基说：
要讲民主的话，不要关在屋子里只读
亚里士多德
要多坐公共汽车和地铁
政治家却以自然的姿态扔进纸篓

经济学的最终诠释是
人不过是理性暨自私的动物
天下熙熙皆为利来，天下攘攘皆为利往
最古老的范蠡和最伟大的亚当·斯密
不约而同视为圭臬

穿越两千年烽火狼烟的家国主义
命运类似重新裱糊弱不禁风的文庙
国学争执甚嚣尘上之际
季羡林说：我不是国学大师
最后的儒家梁漱溟先生

带上知行合一的态度渐行渐远

对大多数的人而言
生活不比行色匆匆的蚍蜉有意思
食有其粟，居有其屋
患有所医，学有所教
是现实的愿景

我仍然固执地认为
爱，镌刻在历史躯体中坚硬的河床
洗刷的只是泥沙
公平和正义
已经成为生活交响乐中最为和谐的音调

面对母亲
攫取和饕餮终会给灵魂套上沉重的枷锁
而哪怕是一丁点的付出
也能增加眼泪的晶莹和乳汁的丰富

春夏为你祝福，秋冬为你喝彩
（2005年12月）

我愿为你祝福
不是因为春江水暖夏花绚烂
浪漫的情愫的诞生
而是相信
像太阳一样温暖的呼吸
山泉一样透明的心
始终是你的所有

我也愿意为你喝彩
即便并没有沉淀的收获
或者是桂花酒的十里溢香
但是又有什么遗憾呢？
秋一样深邃的目光
冬天一样厚实的肩膀
就是最好的答案

随想录
(2005年12月)

一、影子

父亲越来越像爷爷
走路的姿态,抽烟的手
以及对小辈的呵护
那一刻,我的眼睛不由自主地湿润
像是晴朗的天空里撒下了一把盐
然而,父亲与爷爷还是有所不同
爷爷终生是老屋的守护神
父亲却已洗脚上田,从农村移植到城市
虽然老屋仍然是他的牵挂
虽然我常因口音被认为是乡里娃
儿子出生后,望着他一天与一天不同的脸
我在想,我跟父亲会有什么不同
然后儿子跟我呢

二、生活的概念

小时候
生活是水面上的一瓣薄薄的鹅卵石
阳光下留下一串纯洁的问号
进城读书后
生活是经常伴我远行的老公交车
吱呀作响中搭载着母亲轻快的脚步
还有我的遥远的梦
结婚后
生活变成一段不远也不近的路
与妻儿很近
距离父母却有点远
后来，生活成为爷爷的肖像
挂在老家尘封的墙上
偶尔出现在我的记忆

三、爱回到家中

爱回到家中
跨过了一方空间
宽宽的银色帷幕，窄窄的小说人物

水一样从指缝间滑过
却遗留真实像水的平淡
爱回到家中
越过了一段时间
蔷薇的眼睛，丁香的呼吸
已被年轻的风轻轻吹走
只剩下一团氤氲的空气

写给南方的雪
（2004年12月）

你是不期而至的客人
瞬间濡湿了我的眼睛
你是百年难遇的精灵
留下惊鸿一瞥的美丽
你是这个冬天
释放的最后的色彩

我想我是爱你的
因为这就是我梦中的光景
也许　你也是爱我的
因为这——穿越时空的约定

永州之野
（2000年3月）

柳子庙断想

西山的暮烟

蜿蜒在历史的颜色里

愚溪

依然日复一日地呼吸

一千二百年前

一场恣意肆虐的暴雨

传染着同一种病菌

蠹国的虫以及噬人的豸

愤懑的情绪

如娥皇女英的泪珠

缤纷地凋零

突然　一只手

擎起一支如椽之笔

饱蘸着永州的山水

以高屋建瓴的姿态

写下了一篇名曰《振聋发聩》的文章
那是一篇无须读者的文章
它只是一道璀璨的光芒
藏在无数闪烁的视网膜里
于是
一个智慧的头颅
和一个谜一样的地方
共同演绎了一段
不朽的传说

高山寺

东山并不高大
寺也只剩下些许轮廓
因为镀上了金的神话
佛雄踞在古城的头顶
成为超凡脱俗的图腾
只是　它并非亘古不变的
如同兵荒马乱和歌舞升平
嬗变的历史
罗汉和菩萨
离不开打碎又粘上的命运

人和神

不经意间置换着角色

只是　虔诚的呓语

淹没在纸灰和檀香的味道中

泡沫般的理想

被一如既往地重复

香零夜雨

在浩渺和咫尺之间

你选择了孤独

然而　孤独并不是唯一的

千百年来

纵然你的身上写满了诗情画意

悲戚的叹息

却不时由船歌号子传来

终有一日

智慧和仁慈的心

矗立起引航的钟和灯

风景也有了真正的美丽

呼吸
（1996年6月）

子夜，雾霭水一样溢漫窗棂
月光沐浴着思想的树
栖息沉默的小鸟　散发的诗人
踽行在潇水之滨
哭泣，为他不能歌唱的笔
像梦游一般的叹喟
淹没在岁月长长的瀑布里

真实的生活
如一帧台历
昨天和今天
中间只隔着一张薄薄的纸
人　不能够第二次踏进同一条河流
乳汁一样的眼泪以及欢笑
都风一样地成为过去
深情也好　浅薄也罢
最好的记忆是忘却

老树昏鸦的影像

逐渐模糊　脚印

却日复一日地踏实　诗人说

穿越高山仰止的樊篱

是第一千零一次的选择

青山已老

眼瞳中匿藏的黎明

以最不易察觉的方式

开始清晰

像一棵树一样地
爱爱
你

下部
古韵

廿年重登黄鹤楼
（2015年5月）

少岁凭栏气若山，
离情初了早鬓斑。
落晖逐浪天边去，
黄鹤乘云梦里还。
楚汉连横开首义①，
龟蛇②对峙剩阑干。
千年局变③今犹是，
滚滚新潮再过关。

注：①首义，指武昌是辛亥革命的首义之城。
②龟蛇，指分别位于长江两岸的汉阳龟山和武昌蛇山。
③千年局变，引申李鸿章"数千年未有之变局"，指今天处于新一轮改革重要窗口期。

甲午年末重游愚溪[①]
（2015年2月）

逾年未曾顾，旧貌换新颜。灰墙陈古肆，荆扉一线牵。葳蕤岸上树，嵯峨水中磐。钴鉧潭犹在，小丘藏青岚。随溪将百转，跌宕缥碧间。蜿蜒十数里，花影卷竹帘。相逢人不识，稚童笑靥甜。小径没入林，耳闻溪声喧，未寻鸟语处，忽开余霞悬。水洄落瀑练，轰然堕潭渊。溪深不可测，潋滟映天檐。游鱼泛菱荇，渔父隐城垣，大隐隐于市，零陵有先贤。谁拾荒烟归，往来成千年。

注：①愚溪，地处湖南永州零陵区潇水河西。唐代文学家、政治家柳宗元贬谪永州时居该溪旁，并将原冉溪改名愚溪，柳宗元写的《永州八记》就有《钴鉧潭记》《钴鉧潭西小丘记》《小石潭记》三记遗址在其周围。"愚溪眺雪"乃为永州八景之一。

五律·泰山
（2015年1月）

高旷耸平原，
雄称北斗仙①。
山催云色近，
壁迫鸟音寒。
旭日开尘翳，
黄河动世间。
万生皆放眼，
稍憩作心宽。

注：①《新唐书·韩愈传赞》："自愈没，其言大行，学者仰之如泰山北斗云。"故泰山北斗比喻道德高、名望重或有卓越成就为众人所敬仰的人。

共青城市①
（2014年12月）

鄱阳湖畔雁鹄鸣，
伟人长辞树影荫。
荒地良田凭奋斗，
疮痍泽被赖公心。
经济破立成深圳，
政治革新造共青。
击水长江一百载，
庐山脚下遍仙人。

注：①共青城，前身是1955年上海青年志愿者垦荒创建的共青社，2010年9月被国务院正式批准为县级共青城市。

沁园春·2014
（2014年12月）

萧瑟秋风，

乍暖还寒，

寥廓宇垠。

叹南疆北域，

晨光如练，

乡关边寨，

暮色氤氲。

雾霾遮天，

鸿沟①滞步，

不识葱茏梦欲泯。

虽然是，

有银花火树，

不夜缤纷。

三中全会开津，

为美丽中国寻晓春。

看鼎新革故，

灭蝇打虎,
治国依宪,
民众欣欣。
气正风清,
山明水净,
记住乡愁齿与唇。
需时日,
必民族复兴,
梦想成真。

注：①鸿沟指城乡、区域、贫富差距。

大清相国陈廷敬
（2014年10月）

少小鹊飞才露颖，
五十襄事又归乡。
一生敬畏时局破，
半部康熙大雅藏。
相府皇城原稼穑，
报国载道本沟疆。
今人蜂拥读传记，
谁把初衷坠海洋。

端午节兼思屈原
（2014年6月）

五月葳蕤汨水蜒，
先生一跃逾千年。
朝食兰露节遵守，
夕饮菊英志不迁。
哀恤民生多纪念，
殉身王道两难全。
领先百代书生事，
似水家国再慕贤。

立春
（2014年2月）

一

立春节气雨纷摇，
似忘昨夜桃花娇。
岁事更迭人自知，
一堂溪水村前缭。

二

流霞染柳故园色，
东风敷面早归人。
盘蔬食果心安放，
立春春节共一春。

中秋·步韵敬和邓尚志老
（2013年10月）

高空明镜似无痕，
千里清澄竟胜春。
墨飞丹香天不老，
阴晴圆缺心长存。
伏槽老骥诗人赏，
潜水生龙我辈珍。
满地霜华足可慰，
风骨垂范与子孙。

附：邓老原诗

烟云过往去无痕，一晃流年八十春。
白发苍苍心未老，黄肤烨烨气犹存。
丹青焕彩孤芳赏，翰墨留香敝帚珍。
无悔人生聊自慰，清风两袖示儿孙。

七律·桃花源并宋教仁故居
（2013年3月）

暖日晴风满眼喧，
我今寻梦到桃源。
一江沅水流橘绿，
万瓣桃花映鬓颜。
渔父①门前车迹附，
陶公②故地客接肩。
芳菲四月人间尽，
追梦更年却待圆。

注：①渔父，即宋教仁。
　　②陶公，即陶渊明。

壬辰年岁末自感三首
（2012年12月）

一

茅舍傍山终可居，
闹市留迹拂尘埃。
家藏藤萝流绿意，
犹有暗香等君来。

二

最恼冬雨不解人，
匆匆连日锁门扉。
寒风暖阳浑无罪，
一丛花瓣向心开。

三

樽前细览人依旧，

青山望远鸟鸣冬。
几番登临应有意,
却待竿头祈苏生。

重阳登高兼追思黄兴
(2012年10月)

秋色空明千山静,

忽闻过耳马蹄鸣。

如磐风雨国殇继,

漫漶硝烟共和生。

黄叶有情山麓染,

英雄无命①九州倾。

功不在我随流水,

史海翻沉觅大鲸。

注：①英雄无命，指黄兴作为共和政体和中华民国创始人之一却不幸在42岁时英年早逝。功不在我，指黄兴一直秉持维护国家大局、功成不必在我的信念。

谒湖南平江杜甫墓
（2012年8月）

草菁木茂汨罗滩，
工部①遗阡在井峦。
世上疮痍摧腹面，
笔端诗史起波澜。
当官肥马②常嫌累，
做事茅屋③也可安。
酒奠先生抒我意，
何曾怅眼望花繁。

注：①工部即杜工部杜甫。
②③肥马、茅屋皆为杜甫名句。

壬辰五月·三峡
（2012年8月）

蜀国夜雨穿曦月，
初夏时节下万州。
禹凿夔门终治水，
人堆大坝任驱舟。
巴山峰兀犹能见，
巫水滩绝已辞踌。
人定胜天非好事，
从来决策费思筹。

蝶恋花
（2012年3月）

柳软桃红春色俏。
独上高楼，
曲邃知音少。
自古多情皆苦恼，
铜台金雀安能考？

燕语莺喃春意绕。
心有灵犀，
何处无芳草。
海阔天空人未老，
百年一梦东方晓。

观看《绿色恋歌》①
（2012年3月）

芙蓉故国，秀极中央。

波光潋滟，层峦叠嶂。

别梦依稀，落花成殇。

葱茏不见，总理怀乡。②

绿色湖南，林业登场。

科学生态，集改③担纲。

三边④入手，治漠整荒。

优材更替，产业兴邦。

植树桑梓，固本民氓。

青山萋萋，绿水汤汤。

千年一曲，日朝途长。

注：①《绿色恋歌》由邓三龙作词，作曲家刘青作曲，歌唱家张也演唱。
②总理怀乡，指朱镕基同志2003年回到湘西考察，曾作诗道："葱茏不见梦难圆。"
③集改，指2008年开始全国推行的集体林权制度改革。
④三边，指湖南推进城市（乡镇）周边、公（铁）路两边、河流（水库）岸边（简称"三边"）造林绿化。

读王阳明①
（2011年8月）

子衿不问步青云，
却慕东山谢相②林。
铁马冰河重入梦，
光风霁月再扶尘。
心学③一本思忧世，
戎马半生苦为民。
胸有雄兵十万众，
家谋国计两殷殷。

注：①王阳明系明代大儒，心学开创人。
　　②谢相指东晋名相谢安。
　　③心学是指由明代大儒王阳明发展的儒家理学。强调"心即是理"，即最高的道理不需外求，而从自己心里即可得到。因此"天地虽大，但有一念向善，心存良知，虽凡夫俗子，皆可为圣贤"。

沁园春·观《建党伟业》有感
（2011年8月）

逝水流年，

鬼魅神州，

碧血赤心。

想康梁法变，

南柯一梦，

窃国大盗，

仅剩哀矜。

五四新文，

三民主义，

谁立潮头先报春。

曾多少，

惊涛骇浪，

万马齐喑。

红旗漫卷如云，

引中华儿女踏征程。

看荡除倭寇，

共和再造,
改革开放,
屹立寰尘。
发展科学,
以人为本,
法治民主两扇门。
诚如是,
当民强国富,
复兴骎骎。

七律·八月偶感
（2011年8月）

焰火阑干夜未央，
独披暮色作毡裳。
偏居闹市心平静，
走道人生目廓张。
舞榭歌台多走肉，
寻常巷陌数皮囊。
守得雾散云开日，
但使文章万古长。

菩萨蛮·湘西矮寨特大桥①
（2010年9月）

风急壑险车负重，
山高路远人怀耇。
凤凰宿城垣，
神女何日还？

巨虹天上架，
世界称奇葩。
天堑变绝景，
携云观太平。

注：①矮寨特大桥是湘渝通道吉茶高速公路中的重点工程，是跨峡谷最大的钢桁悬索桥。凤凰、神女分别为湘渝境内地名。

九张机·三十吟
（2009年12月）

一张机，湘江北去梦难期。卿卿我我相萦系，惊鸿乍起，游龙婉若，此事最攒眉。

二张机，九嶷麓下我镒基。苍山绿水皆如旧，冰肌玉魄，神鸦社鼓，谈笑对青梅。

三张机，少年立志把家辞。蹈身学海一精卫，星移物换，山高路漫，谁寄锦书回？

四张机，襄阳四载①起击楫。书中诸葛频烦顾，千锤万炼，春播秋实，飞雁却徘徊。

五张机，潇湘日月总如棋。前程似谜凌风立，杯中酒醉，花开花落，何处觅芳菲？

六张机，多情自古是离悲。韶华从不因人驻，晴天霹雳，此生难共，迟暮怎能追。

七张机,长烟落日几人知。倚天拔剑真心在,乡愁望尽,轻寒罗幕,今夜去萧规。

八张机,登高极目楚天奇。蓦然回首阑珊处,天生丽质,英华绝俊,平地起风雷。

九张机,长沙也羡贾生词。灵犀一点天穹阔,如椽大笔,别开生面,身后有人随。

注:①襄阳四载,指作者曾在襄樊服兵役四年。

中秋三首
（2009年10月）

一

人生何处不相逢，
万水千山在梦中。
白云苍狗纷纭事，
黄沙淘尽见真容。

二

天高路远草木深，
禹王碑①前人独行。
北飞鸿雁迎云上，
妙手文章不染尘。

三

仰望星空月报银，

脚踏实地花堆锦。
寂寞嫦娥解我意，
关山飞渡传佳音。

注：①禹王碑，指长沙岳麓山顶纪念大禹治水的碑刻。

武夷山
（2009年6月）

武夷一脉，冠绝东南。
千岩竞秀，万壑争奇。
黄岗山高，九曲溪明。
青龙瀑布，华东第一。
悬壁船棺，废国古城。
道教洞天，儒家遗迹。
低吟柳永，高歌朱熹。
浮世苦短，何来云归？

长沙·岳麓山
（2008年12月）

万里秋风人依旧，
又到长沙爱晚亭。
衡山南来山为峰，
湘水北去水自清。
朱张渡口留佳话，
赫曦台前传精神。
痴心敢扶天下正，
放眼欲求世界平。
书生报国原堪笑，
大道无形在于心。
心头忧乐穿云过，
身边风景最动人。
人生邈矣千百事，
高歌一曲泪满襟。
潇湘从来多情地，
我为谁人下洞庭。

峨眉山
（2008年7月）

蜀国多名山，
峨眉秀在前。
隘谷深且幽，
林木葱茏旋。
金顶观日出，
龙门惊天险。
从来高蹈地，
猿猴也成仙。

水调歌头·武汉①
（2007年7月）

六月喜飞雪，

相约桂子山。

风光最美兹地，

夜静水声潺。

首义之城犹在，

鼓角旌旗一色，

饮马问中原。

何事英雄泪，

大道担铁肩。

鹦鹉洲，

汉阳树，

越千年。

人生事应珍惜，

旧貌变新颜。

既有自由民主，

又要人权法治，

风正好悬帆。
但愿人长久,
绿水碧山间。

注：①时为2007年6月参加华中师范大学"纪念《村委会组织法(试行)》颁布二十周年国际学术研讨会"作。

浪淘沙·中国入世
（2001年12月）

把酒酹东风，
姹紫嫣红，
神州处处意葱茏。
寄语沧桑图巨变，
岁月峥嵘。

罡气贯长虹，
万物消融，
此时世界笑大同。
大浪淘沙沙去也，
谁为雌雄？

浣溪沙·九嶷祭舜①
（2000年9月）

华夏先贤古有传，
道德肇始蔚为观。
江山万里泪斑斓。

秋色骈阗如是好，
龙腾虎跃兴无前。
永州之野舞蹁跹。

注：①舜帝，中华始祖之一，《史记》载："天下明德，自虞舜始。"公元2000年9月9日，永州市委、市政府举行公祭舜帝大典。

临江仙·读《曾国藩》
（1998年3月）

立志夔皋①言教化，
文章道德服膺。
适逢乱世起雷霆。
大厦将倒，
独木安可擎。

首倡洋务国事改，
内忧外患盈襟。
不以成败论功名。
心怀天下，
何须树碑铭？

注：①夔和皋陶系古时教化国民的大臣。

江城子·一九九八·抗洪救灾

忽闻霹雳响三湘。
蟒魔猖,
水汤汤。
广厦良田,
顷刻变汪洋。
百万军民擒魍魉,
荆楚地,
战铿锵。

血浓于水慨当慷。
爱心彰,
死何妨?
众志成城,
铁手治长江。
破釜沉舟今日始,
天下水,
沃霄壤。

贺新郎·一九九七·香港回归

慷慨须磨剑。
梦神州、狼烟翻滚,
魑魅踏践。
国破家亡何如是?
壮士正宜待旦。
离恨苦、白发红颜。
热血头颅皆抛洒。
看巨臂奋起猢狲散。
抬望眼,
曙光现。

江山代有人才绽。
五千年、精神文化,
风景独璨。
继往开来多少事,
引起历史浩叹。
今更是、气冲霄汉。

剑胆琴心儿女意，
共擎起华夏星光灿。
谓世界，
应无憾。

崀山之春①
（1997年5月）

一

山外青山楼外楼，
崀山风光道不休。
牛鼻寨中登绝顶，
紫霞峒里觅仙酋。
将军春耕思铁马，
骆驼梦谶望西丘。
千年沉睡人未知，
一朝得名天下游。

二

春回峥嵘浮影中，
百态牢笼我从容。
八音天籁千里在，
佛光菩提万物融。

最是玉女多离情,
留香绝壁去倥偬。
挥毫还需山河助,
扶夷江畔意朦胧。

注:①牛鼻寨、紫霞峒、将军石、骆驼峰、八音岩、佛光岩、
　　玉女岩、扶夷江皆为崀山景区著名景点。

离永州北上
（1997年3月）

三月春意重，
苍野起葱茏。
去时情未了，
灵犀一点通。
汽车傍云走，
鹰隼竞雌雄。
前路夫如何，
极目楚天穷。

满庭芳·广东行
（1996年）

天上人间，
晴天霹雳，
粤东皆现洋洋。
飙车如练，
高厦作虹扬。
火树银花又是，
珠江口、遍地芬芳。
人言道，
岭南故里，
荔枝更溢香。

乡村多巨变，
龙吟虎啸，
大浪何妨。
看英俊人才，
科技翱翔。
应有春光万里，

黄河岸、塞外边疆。
犹然记,
南水北调,
一夜俱辉煌。

登衡山
（1996年）

崇山峻岭几多重，
独秀于林坐似钟。
楚尾风生春满眼，
吴头水起气夺虹。
青松有志不言老，
大地怀情应善终。
我欲登峰极目问，
何时骐骥跃苍穹。

后记

人生无痕,岁月如川。因为喜好,我较早地对诗歌有了一定的认识,之后无论跋涉山水,砥砺生活,沉积情感,诗歌都是自己优选的表达方式,或一斑窥全豹、若隐若现,或淋漓尽致、一泻汪洋,它的精练和集萃,是无痕岁月留下的有痕的记忆,是独处或喧嚷时的最佳益友。大多时候,诗歌还是一服疗伤药、一种催化剂,在彷徨时给你指引,脆弱时给你力量。所以,我对诗歌一直保持着足够的关注和热情。

用狄更斯的话说,这是一个好坏并存、优劣夹陈的时代。因时而作,有感而发。坎坷多变的世界更能激发诗人创作的灵感。比较起古人的枯灯黄卷、举步维艰,现在的条件不可同日而语。加上宽松的空间,独立的思想,必定能创造至真、至善、至美的作品,写出天性、人性、个性的诗歌。就写作的形式而言,不管是天马行空、风格恣肆的新诗,还是字斟句酌、讲究韵律的古诗,我认为一样可以浅吟高歌、状物遣怀,充分地展现自己的所思所想,并且可以相得益彰。既如此,何不起而行之?

我是这样强烈地感知你的到来／虽然可及的伸手／需要穿过不可预知的时间和空间

这并不紧要／只要天空变为澄碧／沉沉的池水已经吹皱

《我所企盼的不只是春天》

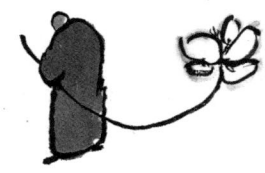

但是这个世界并不如想象的简单／也许我需要的是时间
你会在自由而宁静的树林中起舞

《给理想一点时间》

让它有所不同／让贫瘠变得富余／脆弱变得坚实

《不一样的轮回》

像
爱一棵树一样地
爱你

《秋意浓》

秋意浓
浓在天地间
蓝天白云
明眸若水
在大雁飞过的地方一醉千年

图书在版编目（CIP）数据

像爱一棵树一样地爱你 / 杨峻著. —北京：北京燕山出版社, 2015.6
ISBN 978-7-5402-3851-3

Ⅰ.①像… Ⅱ.①杨… Ⅲ.①诗集－中国－当代
Ⅳ.① I227

中国版本图书馆 CIP 数据核字 (2015) 第 114633 号

像爱一棵树一样地爱你
XIANG AI YIKESHU YIYANG DE AI NI

作　　者	杨　峻
美　　术	忏　之
策　　划	唐朝晖
责任编辑	陈　雪　王梦楠
责任校对	甄　飞　岳　欣
封面设计	7 拾 3 号工作室
社　　址	北京市西城区陶然亭路 53 号（100054）
网　　站	http://www.bjyspress.com/
微　　博	http://weibo.com/u/2526206071
电　　话	01065240430
传　　真	01063587071
印　　刷	北京文昌阁彩色印刷有限责任公司
开　　本	889mm×1194mm　1/32
字　　数	60 千字
印　　张	4.75
版　　次	2015 年 7 月第 1 版
印　　次	2015 年 7 月第 1 次印刷
定　　价	28.00 元
出版发行	北京燕山出版社

版权所有 盗版必究